衛斯理系列 少年版 29

換頭記

上

作者：衛斯理

文字整理：耿啟文

繪畫：鄺志德

衛斯理
親自演繹衛斯理

老少咸宜的新作

　　寫了幾十年的小說，從來沒想過讀者的年齡層，直到出版社提出可以有少年版，才猛然省起，讀者年齡不同，對文字的理解和接受能力，也有所不同，確然可以將少年作特定對象而寫作。然本人年邁力衰，且不是所長，就由出版社籌劃。經蘇惠良老總精心處理，少年版面世。讀畢，大是嘆服，豈止少年，直頭老少咸宜，舊文新生，妙不可言，樂為之序。

倪匡　2018.10.11　香港

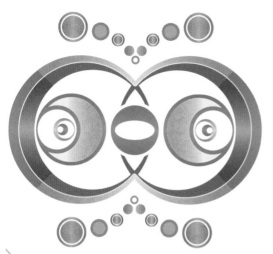

奧斯教授

「靈魂」

衛斯理

京版

平東上校

第一章

生物學
教授
的
哲學問題

　　天氣十分晴朗，我和一個朋友打**高爾夫球**，當我瀟灑地揮桿，卻將球打到不知往哪裏去的時候，朋友趁機**嘲笑**我。我很尷尬，就將球棒往地上一拋，説不打了。

就在這時，突然有一個操着生硬英語口音的人對我說：「年輕人，高爾夫球這種運動的意義是：不論遇到什麼困境，你都應該盡力將球擊入洞，絕不輕言放棄！」

我聽完他的話，不發一言，便拾起球棒找球去。

　　球終於給我找到了，我繼續 **比賽**，結果以三桿的

優勢贏了我的朋友。

　　離開高爾夫球場時，我在門口又碰到了那個勸勉我的

人，我們就這樣認識了。

他約莫五十歲，一頭金髮，典型的北歐高大身材，而且他來頭不小，是世界知名的**生物學家**——奧斯教授。

奧斯教授曾受聘於世界十餘家知名大學，在其中一個國家任教時，他和當地的科學家合作創造了「雙頭狗」——那是生物學上移植的**奇迹**，

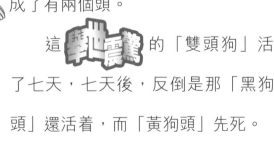

他們將一隻黑狗的頭切下來，然後在另一隻黃狗的脖子上開一個洞，將黑狗的頭接上去，那黃狗於是變成了有兩個頭。

這**舉世震驚**的「雙頭狗」活了七天，七天後，反倒是那「黑狗頭」還活着，而「黃狗頭」先死。

這種的生物移植，由於受到不少抨擊，後來沒有繼續下去，和奧斯合作的人亦。

這一切，全是我和奧斯之後，他告訴我的。

初認識的時候，我就問他：「教授，你來這裏做什麼？本市沒有一個**學術機構**配請你這樣的學者來講學。」

他的回答很簡單：「做實驗，我想在一個不受人干擾的地方**做實驗**，最後選中了這裏。」

我點了點頭，沒有再問下去，但自此我們經常相約出來，談天說地，成為了**好朋友**。

有一次，奧斯突然問我一條非常奇特的問題：「衛斯理，你說，一雙皮鞋，穿壞了鞋底之後，換了一個鞋底，那仍然是 **原來的 鞋子** 嗎？」

「可以說是。」我純粹憑直覺回答。

然後他又追問：「那麼，如果過了一些日子，鞋面也壞了，再換了鞋面之後，那人所穿的鞋子，還可以說是 **原來的 鞋子** 嗎？」

我呆了一呆，奧斯的問題聽來雖然 **滑稽**，但是要回答起來也不容易。

一雙鞋，在換了鞋底，又換了鞋面之後，那麼這雙鞋和原來那雙便已完全沒有關係了。可是這雙鞋子又確實是從那雙舊鞋 **修修補補** 演變而成的，說完全沒關係也說不過去。

我想了好幾分鐘，也沒有確定的答案，便苦笑道：「教授，你可是想放棄生物學，轉攻 **哲學** ？」

「不。」他一口飲盡杯中的咖啡，放下杯子，顯得有點 **神思恍惚** ，甚至不與我道別就離去了。

我感到十分奇怪，因為奧斯從來也不是這樣不講禮貌的人，他的反常行為表示他有極大的 **心事** 。

本來我可以追上去問他，但是我想到，如果他願意說，早就對我說了。如果他不願意說，我卻追問他，只會令他徒添苦惱。畢竟像他這樣的 **學者** ，所遇到的難題，並不是我這種 **凡夫俗子** 所能理解和幫忙的。

我識趣地裝作什麼也不知道，然後獨個兒繼續喝**咖啡**，可是過了一會，突然有一隻手搭在我的肩頭上。

起初我以為是奧斯回來找我，但回頭一看，發現是兩個大漢站在我的後面，而且他們都硬裝出一副**笑臉**😊來，其中一人對我說：「喝**咖啡**嗎？」

我冷冷地回應：「我本來就在喝咖啡。」

「我們請你喝一杯，有事要和你談談。」

「對不起，我不喜歡和**陌生人**交談。」我繼續保持冷漠。

我看得出，那兩人在極力抑遏着**怒意**，其中一人說：「朋友，當你和奧斯教授第一次在高爾夫球場相識時，你們也是以陌生人的身分交談。」

那人的話令我吃了一驚。自從**高爾夫球場**那次之後，我和奧斯來往已有幾個月，從這個人的口氣聽來，他們暗中**跟蹤**奧斯，或者是跟蹤我，至少也有幾個月了，而我們居然完全沒有察覺到！

我心裏十分疑惑，想弄清楚這兩個人的目的，於是微笑道：「**有人請客，求之不得**。」

我向他們投以一個「請坐」的神情，他們便在我左右兩旁坐下來，向**侍應**點了咖啡，然後迫不及待開口說：「你似乎是奧斯教授在這裏的唯一朋友？」

他這句話率先解開了我第一個**疑問**：他們跟蹤的目標不是我，是奧斯。

我回答道：「不敢肯定，但至少，是他的朋友之一。」

「你是他這裏**唯一的****朋友**。」那人代我肯定，然後說：「我們想你幫忙一下，說服奧斯教授，去接受一項五千萬美元的**饋贈**。」

另一個疑問他們也直接為我解開了，我呆了一呆，五千萬美元，怎麼說也是一個相當大的數目，奧斯不見得**愛錢如命**，但有了這筆款項，對他的任何研究項目都有幫助，而他似乎堅決拒絕接受這筆「饋贈」。

那麼，顯而易見，其中一定**大有文章**。那些錢不知道是什麼來歷，而這兩個人的身分背景也不見得是**光明正大**。

我有點不客氣地說：「如果他不接受你們的饋贈，一定有理由，我怎麼勸也沒有用。」

那人發急了，但依然壓低聲音說：「不，根本沒有拒絕的理由，我們絕無惡意，而且可以說是求他幫忙，如果嫌數目不夠，他還可以提出來。」

我立時戳穿他們的 **破綻** ：「這麼說來，那五千萬美元並不如你們所說是饋贈，而是幫你們做某些事的酬勞。」

他們愣了一愣，然後才承認：「可以這麼說。」

我立即追問：「好，那麼你們要他做什麼？」

他們臉色一變，其中一個說：「對不起，我們不能說，而且，你也不必問奧斯教授，因為他也不知道，你更不要到處去 **打聽**，如果你不想惹麻煩的話。」

我聳了聳肩，表示不在乎他的 **恐嚇**，「對，我不想惹

麻煩，所以你們的
事，我沒興趣沾手。
謝謝你們請客，我走
了。」

　　我站起身來，
那兩個傢伙急了，而
且看來異常憤怒，竟
，伸手
就向我的肩頭一抓，將我
拉回座位上。

　　他們真是自討苦吃，
竟然還晃着拳頭向我示威，我處變不驚地微笑着，雙手卻已
經對準了他們晃着的拳頭，猛擊過去。

第二章

神秘機構武力邀談

四拳相交，他們的拳頭發出可怕的「**格格**」

聲，但比起他們口中所發出的那種驚呼聲來，實在算不了

什麼。

他們**不服氣**，向我撲過來，我再度雙拳齊

出，這次重重地擊中他們的口部，他們的嘴唇立時腫得如

同臘腸一樣，並且雙雙**倒在地上**。

我從容地喝完了 **咖啡** ，在他們的身邊走過，

並說：「謝謝你們請我喝咖啡。」

謝謝。

回到家裏，我向白素講起這件事，白素感到十分疑惑，「那兩個人 **行迹可疑**，他們究竟要教授做什麼？」

我搖頭道：「我也猜想不到，當我問及這一點的時候，他們不肯回答，還出言恐嚇，這才把我 **惹火** 了。」

白素皺起了眉，「衛，我想教授遇到麻煩了，他在這裏不會有什麼朋友，你是不是該打電話 **關心** 他一下？」

白素提醒了我，奧斯那時的神態確實有點異常，我已猜到他有心事。我於是給他 **打電話**，第一次響了許久也沒有人接聽，我再打，又響了很久，幾乎要掛線時，才突然「格」地一聲，有人聽電話了。

我忙道：「**教授**？」

奧斯的聲音十分疲倦：「是我，什麼事？」

我 **開門見山** 地說：「教授，你是不是遇到什麼麻煩了？希望你把我當朋友。」

他似乎有點愕然，過了好久才回答：「你當然是我的 **朋友**，但是我沒有什麼事，謝謝你的關心。」

我能聽出他肯定有些什麼事，只是不願說，我嘗試用另一種方法了解他的處境，於是說：「那就好。如果你不介意，我想參觀一下你的 **實驗室**，方便麼？」

他回答得倒爽快：「當然歡迎，明天上午十一時，我等你。」

第二天，我起得相當早，先回到我的公司處理一些事務，到了 **十時十分**，我離開公司，準備前往奧斯所住的郊區大屋。

當升降機門打開，我正要跨進去的時候，身後傳來一陣急促的 **腳步聲**，一個人在我身邊擦過，「颼」地進了升降機。

我瞪了他一眼，不禁呆住，因為

眼前 👁 這個人，正是昨晚在咖啡

店中被我打腫了嘴唇的其中一人，而此

刻他手中正拿着一柄手槍對準了我！

我呆住之際，馬上又感覺到另一柄槍頂住了我的背部，

同時有一個人在我背後低聲命令道：「進去．快！」

我被兩柄槍一前一後挾持進升降機去，他們都是昨天

那兩個人，而且我發現升降機內的

監視鏡頭 ⚫ 不見了。

升降機本來是往下的，他們卻

能純熟地操作 升降機 往上升，

中途不受任何 干擾，直達二十四

樓去，簡直變成了他們的私人升降

機一樣。

23

一看到二十四樓，我不禁 **心頭一震**，因為我清楚知道，二十四樓全層由一家貿易公司佔有，這家貿易公司的性質和別的公司有所不同，它專門和一個地區進行貿易，我姑且稱那個地區為 **A區**，普通人或許不知，但我衛斯理略有所聞，知道這間貿易公司其實是隸屬於A區政府的一個 **秘密特務機構**！

那兩個人押着我走出升降機，進入了那家貿易公司，裏面看起來和一般公司無異，職員正在忙碌地工作，對我 **視若無睹**。

只見一個人推開了一座大文件櫃，現出一道 **暗　門**，那兩個挾持着我的人便沉聲道：「從這扇門進去。」

我笑了笑，「裏面是什麼？會不會有一頭噴火龍？」

那兩人臉色一沉，使得他們腫起的嘴唇更加 **突出**，

我忍不住笑了起來，但被槍管用力抵住之下，我還是收起了 笑容 😊，推門進去，發現裏面是一間華麗的辦公室。

辦公室的正中，是一張巨大的 辦公桌，後面的牆上掛着一幅高約七呎的人像，那是A區的領袖，是世界上行事最瘋狂的 獨裁者 之一。

辦公桌後面坐着一個其貌不揚的小個子，他卻有着一雙陰森而炯炯有光的眼睛，傳遞出一股異常的震懾力量，使人感覺到一種無形的 壓迫感。

他那銳利的目光在我身上掃了一遍，「請坐。對不起，我們 必須 請你來談談。」

我不被他的壓迫感嚇倒，挺起了胸膛，直走過去，雙手撐着辦公桌的桌面，「你有什麼話只管説，我還有約會。」

他點了點頭，「我知道，那是和奧斯教授的約會。」

我愣了一愣，他得意地笑了起來，「別忘記，衛先生，我們地區 **最有名** 的是什麼？」

他沒有明說，但我衛斯理自然知道，他所指的就是「**特務工作**」。

我禁不住問他：「閣下是？」

那人有點自傲地笑了笑，「你或許聽過我的 **代號**：『靈魂』。」

古人常說「久聞大名，**如雷貫耳**」，如今我一聽到他的名字，真有如雷貫耳的感覺，呆住了足足一分鐘，才吁了一口氣，「久仰大名，真的。」

那人又笑了笑，「請坐，請坐。」

我一面坐下，心中一面在想：遇上這骯髒的靈魂，只怕要 **倒霉** 了。

「靈魂」在A區炙手可熱，權傾朝野。「靈魂」是他的代號，因為沒有人敢直呼他的名字，而這個代號的意思是：他是A區領袖的靈魂。

而我在心中稱他為「骯髒的靈魂」，是因為他所做的，全是髒事。死於他手上，或被他陷害而坐冤獄的人不計其數。

這樣的一個人，用這樣的手段見我，一定有極重大和極機密的事。可是我和A區半點關係也沒有，為什麼要將我牽入旋渦？

我才坐下，「靈魂」便說：「這是一件極大的機密，我相信你不會蠢到將機密洩露出去。對嗎？」

「靈魂」雙眼射出十分凌厲的光芒，令我感到不安。

他繼續沉聲說：「不管你有沒有興趣，你必須參與，而且已經參與其中了。你去勸服那個固執的傢伙，

接受五千萬美元，甚至更高的
酬勞，去做他絕對感興趣的生物
學實驗。」

他說的那個「傢伙」，自然是奧斯。我苦
笑道：「你選錯對象了，我和奧斯教授只不過是
，我們才認識了幾個月，
偶爾約出來喝一杯咖啡而已，我哪有能力
他，去做他不想做的事？」

「靈魂」面有慍色，「我已經
說得很清楚，那絕對是他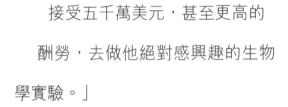
！而且我保證他
一定拿到酬勞，我們可以在
瑞士最著名的銀行替他開戶
口。」

我冷冷地說：「**錢再多 💰，還得有命享，才有意義。**」

「靈魂」大力拍了一下桌面，「這是什麼意思？」

我把話說明白：「坦白說，根本**沒有人**會願意去**貴區**做事，因為那裏連人身安全也得不到保障，酬勞再高也是枉然。」

第三章

骯髒的「靈魂」

聽完我的話，「靈魂」又憤怒地拍了一下**桌子**，「你是說，如果奧斯教授跟我去A區，就再不能回來了，是不是？」

我點了點頭，

「對，他自己也會想到這一點，所以我根本**沒能力**替你說服他。」

「你可以將我的保證轉達——我保證他的安全！」

我苦笑了一下，「**閣下的保證**——」

下半句當然是「一點也靠不住」，但我忍住沒有說出來，怕再刺激他，他會使我「**人間蒸發**」，他絕對有這個能力，而且這種事也做過不少。

雖然我沒有把話說出來，但「靈魂」當然明白我的意思，而**出乎意料**的是，他居然嘆了一口氣，「這一次，如果我不履行保證，那一定不是我食言，而是我的權力已失，不能保證什麼了。」

聽了這句話，我心中**吃驚**得難以形容，他是A區領袖的靈魂，如果他的權力消失，那麼一定是A區發生了一場極大的**政治風暴**！

我呆呆地望着「靈魂」，他又嘆了一口氣，連聲調也變得有點沮喪：「你不會明白，處於我這樣的地位，日子

過得有多**緊張** ，緊張到你無法想像！」

「對，我無法想像，我和你們本來就**毫無關係**，能從何想起呢？」我故意強調自己和他們沒有關係，不想**牽涉**其中。

但「靈魂」說：「如果我們自己能辦到，自然不會找你。可是我們**失敗**了，我曾經和奧斯教授直接談過，他沒有答應。」

「你究竟要奧斯教授做什麼？」我直截了當地問。

「靈魂」卻不直接回答，「我只能告訴你一個大概。」

「你請奧斯教授到貴區去做一項**實驗**？」我還記得他剛才說過的話。

「不錯。」

我提出疑問：「奧斯教授沒答應。你們大可以派一流的特務將他**綁架**，就好像你們對我做的一樣。」

「當然可以，太容易了！」「靈魂」一面說，一面又用銳利的眼光望定了我，「我們要奧斯教授做的事，絕對不能有絲毫**錯誤**。絕不能！我們不能影響他的情緒，更不能強迫，一定要他自願，全神貫注地去做。而且，世界上能做到這件事的，只有他！」

「**但這與我無關，我無能為力**。」我一再婉拒。

「靈魂」又用力在桌上敲了一下，「你去勸他接受**邀請**，不論他要多少報酬，或是什麼條件。你也一樣，如果你能說服他，條件隨你開！」

「好，那麼告訴我，你們要奧斯教授做什麼實驗？」我又回到這個關鍵的問題上。

「這個我真的不能說。」他很堅定。

我於是**旁敲側擊**地探問：「難道你對奧斯教授也沒有說？」

「靈魂」搖了搖頭，「沒有明說，但曾經暗示過。」

這麼說，奧斯可能已經猜到「靈魂」要他做什麼事，而這正是他最近神態失常的原因。

「靈魂」繼續道：「這是**最高機密**，至今為止，只有**領袖夫人**和我兩個人知道。」

我捉住了他這句話中的語病：「難道連領袖也不知道？」

想不到這句話竟然使「靈魂」整個人**震了一震**，眼中露出了驚惶的神色，臉色大變！

雖然那只是一刹那的反應，但我留意到了，而且令我大起**疑心**。

「靈魂」對我的問題**避而不答**，在恢復了鎮定之後，立即說：「你既然知道了我們和奧斯教授之間的糾葛，已經不能**脫身**，一定要和我們合作了。」

我也學他拍了一下桌子，大聲道：「你一定對我十分**熟悉**，你該知道，我絕不在強迫之下做任何事！」

「靈魂」突然長嘆一聲，「不是強迫，我只是懇求你答應，我必須得到你的幫助。」

這傢伙不愧是出色的**特務**，為求達到目的，不惜**軟硬兼施**，什麼都來。我知道如果我不答應，就難以脫身；可是答應了，就等於掉進了**麻煩的旋渦**之中，後患無窮。

我冷笑道：「你必須得到我的幫助，可是，要奧斯教授做什麼，你卻不肯對我説。」

「不是不肯對你説，**而是暫時真的不能説**。不過，如果你答應幫助我們，最後你一定會知道的，至少，我總要在**適當的時機**告訴奧斯教授，他要做什麼。」

我深吸了一口氣，還是脫身要緊，往後的**麻煩**，往後再想辦法。

「我明白了。」我説：「我是交了霉運，所以才會被扯進你們的糾葛之中。」

「別那麼説，朋友，如果這件事成功了，我們會十分感謝你，你和奧斯教授的約會是十一時，不多耽擱你了！」

「靈魂」提醒我該去見奧斯，我求之不得，迅即站起來，轉身走向門口。

「非常感謝你，請你別將我們見面的事對別人説起。」他提醒我。

「別把我當白癡。」我苦笑了一下，便推門而出，門外有兩個大漢「送」我到升降機門口，等我進了升降機之後，才讓我恢復了自由。

我是不是真正恢復自由，只有天曉得，我被監視着，這是毫無疑問的事。

我已經決定，見了奧斯之後，一定要向他問清楚，究竟「靈魂」和他談的是什麼 **交易**。

我在「靈魂」那裏耽擱了二十分鐘左右，不至於遲到太多。

奧斯在郊區的 **住所** 十分幽靜，我在他那幢華麗的別墅門前停車，看到房子的一邊是一所很大的 **溫室**，內裏有許許多多美麗的 **花草** 正盛開着。

我按門鈴後，看到奧斯從溫室中走出來，開門讓我進去，「你遲到了。」

他知道我一向守時，我刻意回答他：「有一點意外。」

一般來説，聽到對方提及「**意外**」，不論出於關心或是好奇，總會追問一句。我也正等着奧斯的追問，好讓我把 **話題** 帶到「那件事」上面，説我和「靈魂」見過面，然後反問他，「靈魂」到底要求他做什麼。

可是，出乎我的意料，奧斯並沒有問我發生了什麼意外，只是 輕 描 淡 寫 地說：「幸而你終於來了，你看，我在這裏進行的實驗，大多數在 植物 身上進行。」

他既然這麼說，我暫時不開口帶入正題，反正我有足夠的 時間 ，可以慢慢想清楚，該怎麼開口，才能令奧斯願意說出一切。

我先跟他走進溫室，一踏進去，就彷彿置身在另一個星球。

眼前所見，盡是一些古古怪怪的植物，我看到一株桔子樹，在樹梢上竟長出一顆顆 葡萄 來，而且枝椏處還長出了蔓藤。在一棵芭蕉之上，生着三種不同的 葉子 ，也開着三種不同的花。

我感到十分迷惑，不禁問道：「教授，你從什麼地方搜集了這麼多古怪植物？」

　　奧斯「呵呵」地笑了起來，「不是搜集回來，是我培養出來的。」

第四章

　　奧斯是移植學的權威，像那種*移花接木*的玩意，對他來說當然不算是一回事，別忘記，他曾經創造過**雙頭狗**！

　　「我以為你只做動物的實驗。」我說。

　　「動物和植物，移植的原理是一樣的。但是植物在移植後，有一種自然的**生長力量**，使移植體與被移植體自然接合，然而動物卻缺少這種力量，不過，我已經發現植物裏那種力量的**生長激素**了。」

「真的？」我有點吃驚。

「到目前為止，這還是一個**秘密**，」奧斯的神情很嚴肅，「現在，我請你來看看，我將極難獲得的生長激素，施用於**動物**身上的結果。」

他將我帶到了溫室的盡頭，推開了一扇門，那是他的另一間工作室，內裏有一列**長桌**，桌上放着許多器械和箱子。

「你看！」他非常自傲地打開了其中一個金屬箱。

我只看了一眼，就立即後退，全身皮膚發麻，還有作嘔的感覺！

雖然那是生物移植上一項了不起的成就，但箱子內的怪物實在很噁心，那是一條粗大的蚯蚓，但有着蝗蟲的頭和兩對足，蚯蚓的身子在蠕蠕而動，蝗蟲的足在爬着。

奧斯小心翼翼地蓋上了箱蓋，我以為他知道我受不了，怎料他說：「你再來看，用於哺乳類動物身上，才是真正的大突破。」

他一面説，一面取下另一個箱子上的布幕。

我實在不想看，但是 好奇心 又使我不能不去看那箱子裏的東西。

箱子的一面是玻璃，所以我從外面就看到內裏是什麼。

我看到了一隻貓，貓眼閉着，在發出 咕咕聲 。然而那隻 貓 🐈，卻還有另外兩個頭，一個是兔頭，在左邊，兔眼正在慌張地轉動着。而右邊則是一隻小黃狗的頭，正垂着 打瞌睡 Zᶻᶻ 。

那是一個三頭怪物，三個頭都是活的 ，我整個人震慄起來！

奧斯説：「這是我在六天前完成的，牠們已活了六天，而且生長得十分良好。」

這時我已經説不出話來，但他告訴我：「 還有呢 ，你來看這個。」

　　我不由自主地跟着他向前走，來到了另一個房間，在一個**金屬箱** 前面停下來，那金屬箱也覆着一塊布，但頂部好像隆起了一個東西。

　　我已作好心理準備，什麼三頭六臂的怪物都在腦海中預習過一遍了，當奧斯將布揭開之後，我卻大大地**鬆了一口氣** ，因為我看到一頭正常的猴子。

　　我只看到那猴子的頭，頸以下的身體全在那金屬箱子中。

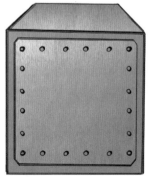

我緊張的神經略為  放鬆 了一下，問：「這猴子在 泡浴 🛁？」

奧斯向我神秘地笑了一笑，「或許牠想。」

他一面說，一面伸手在 猴頭上 按 了一下，然後， 雙手捧着猴子頭，向上提了 起來，我不禁驚呆住了！

那猴子頭並沒有身 子，就只是一個猴頭！

在頸的部分，連結着許 多管子，通向那金屬箱。

我 **呆若木雞** 地站着，倒是那猴子還在不斷地向我眨着眼睛。

過了好一會，我才結結巴巴地説：「你……做了什麼？」

奧斯將猴子放回了原位，「我將這猴子的頭和身體 **分離了** 。」

「分……分離了？」

「是的，這個猴頭，毫無負擔地活了 **十四天** ，活得很好。」

我不由自主地摸了摸自己的 **脖子** ，「真難以想像，這種實驗……有點太過火了。」

「**過火**？」奧斯顯得很愕然，「這只是第一步！」

我還來不及問他「第二步」是什麼時，外面突然傳來「砰」的一聲**巨響**。

奧斯感到奇怪，轉過身去，「你在這裏等我，我出去看看。」

他也不等我答應，便已經走了出去，那刻我實在想和他**交換**，讓我出去看看，他留下來，因為我實在不想一直對着那個猴子頭。

我在**房間**裏等了許久，奧斯還沒有回來，我大聲叫道：「教授！教授！」

奧斯沒有回答我，反倒因為我的一叫，使那猴頭受驚了，牠發出一種十分尖銳的聲音，同時掀起上唇，露出了白森森的**牙齒**。

　　我實在待不住了，決定走出去找奧斯，同時又聽到了汽車引擎的**發動聲**，自外面傳來。

　　我有種不祥的預感，立時**奔跑**追出去，看到奧斯那輛灰色房車，正在急速向外駛。而且我還清楚看到，奧斯坐在車子的後座，左右兩旁各坐着一個人，把他**夾在中間**。

再加上司機，那就是説，至少有三個人來這裏，將奧斯 **綁架** 擄走！

因為如果他是自願離去的話，不可能不向我交代一聲；而且，後座那兩個人，都戴着電單車的 **頭盔** ，看起來他們把奧斯夾得相當緊！

我拚命向那灰色車子奔去，可是根本不可能追上，於是轉向我自己的 **車子** ，打算開車追他們。

但當我走近自己的車子時，忽然有一個人從我的車子中跳了出來，以 **極快的 速度** ，向外奔去，他同樣戴着頭盔，使人看不清他的容貌。

我一看到居然有人從我的車子中跳出來，心中惱怒不已，大喝一聲：「**別走！**」

我迅速追截那個人，而當我越過自己的車子時，忽然又聽到一陣急促的腳步聲，從背後傳來。

我明白了，躲在我車內的不止一個人，他們其中一個跳出來引我去追，好讓其他同伴在背後**偷＿襲**我！

我於是出其不意然地蹲了下來，同時猛地轉身而起，擊出雙拳。

在我身後逼近來的，是兩名大漢，也是戴着頭盔。我的兩個拳頭直陷進了他們的**肚子**。

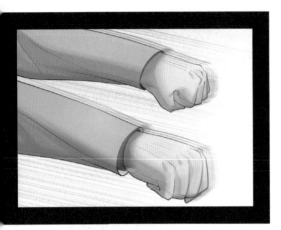

我迅速地抽回拳頭,他們兩人不約而同地抱住了肚子,身子向前跌出了半步,我的 **雙拳** 再度揮出,這次擊向他們的胸骨。

其中一人在地上 **滾了幾滾** 後,連跌帶爬,匆匆向大門外逃去。

而另一個傢伙卻倒在地上,似乎無力 **逃跑** 的樣子。

我向他走過去,「別裝死了,站起來,回答我的問題!」

那人的身子發着抖,看來像是十分 **痛苦** ,可是,當我來到了他的背後時,他突然轉身跳了起來,手中更亮出了一柄槍!

第五章

遇上武術高手

那人向我開了一槍，但沒有打中我。

我滾到車子底下去，聽到「砰砰」兩下槍聲，子彈射在地上，然後再沒有聽到槍聲。

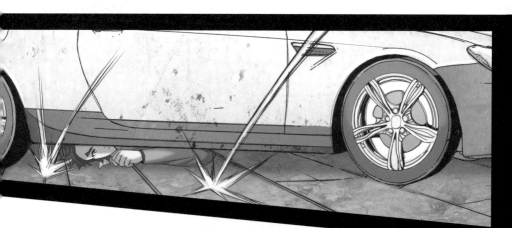

我 **猶豫** 着該不該追上去，如果追上去，那傢伙再向我開槍，我未必能躲過。可是，如果我不追，就會失去抓住 **線索** 的機會！

我考慮了極短的時間，從車底的另一邊穿了出去，快速伸手拉開了車門，坐到駕駛座上，打算開車去追！

車子發出 **狂吼聲** ⚡⚡── 向前衝，那人轉過身來，連續不斷地射擊。

車子的 **擋風玻璃** 碎了，我伏着身子，依然盲目地踏下油門向前衝，像一頭發了瘋的 **公牛** 一樣。

可是突然之間，車輪接連中槍，車子猛地翻側，四輪朝天。我慌忙 **爬** 了出來，車子轉眼已經起火燃燒了。

我一爬出車子，就向前面看去，看到一輛車子迅速地駛過，車門打開着，車中有人伸出手來，將那人拉上車。

我還想追上去，但是「啪啪啪啪」一排手提機槍的子彈就在我面前一碼處掃過，留下了一排整齊的彈痕！

我冒出一身冷汗，僵立在那裏，我知道，子彈沒打中我，不是那機槍手技術欠佳，而是對方放過了我，只警告我不要再追。

在這樣的情形下，如果我還追上去，等於是自掘墳墓。

我只好呆立着，目送那輛車子絕塵而去，心裏在想：到底是什麼人綁走了奧斯？他們目的何在？

我一直呆立着，直到我的手機響起，才掏出來接聽。

那是「靈魂」的聲音，他劈頭第一句就問：「我委託你的事情，進行得怎麼樣？」

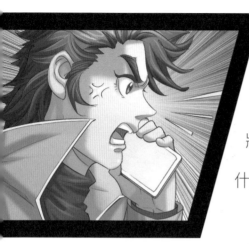

我突然發起怒來，「哼」地一聲説：「你已主使你的**手下**，將奧斯教授綁走了，還來問什麼？」

雖然我還未確定什麼人綁走了奧斯，但那一刻能想到的**嫌疑人**就只有「靈魂」，所以我才這樣先發制人，看他有什麼反應。

「什麼？」他驚訝地咆哮了一聲。

「奧斯教授給人綁走了，是你手下幹的好事！」我**步步進逼**。

「你在什麼地方？」
他繼續 **咆哮**。

「你的手下向我開槍
警告，我哪裏敢動？」我
也惡聲相向。

「在原地等我，我立即來！」

「你來？」我感到十分 **奇怪**，可是他沒有回答，電
話已經掛斷。

以「靈魂」的身分而論，他在那間貿易公司內出現，已是十分張揚的事，如今竟不怕**暴露**行蹤，親自來這裏，可知此事如何嚴重。

趁「靈魂」還未到來，我轉身上樓去，在奧斯的屋子裏轉了一轉，看看有沒有什麼**線索**，可是每個房間都**推門**進去看過後，沒發現任何異樣。

這大約花了我十來分鐘的時間，而這時候，一陣急速的汽車聲**由遠而近**，我從窗口看出去，見到一輛名貴房車和兩輛普通的車子疾駛而至。

那輛名貴房車更掛着 外交官 的車牌。

我一看到這個情景，就知道是「靈魂」來了，於是匆匆下樓去。

當我到了樓下時，「靈魂」已經在幾個人的**簇擁**之下，**旋風**也似地捲了過來。

　　一看到了我，「靈魂」立時停下，在他身後的五六個人迅速散開，將我圍在中心。他們的行動熟練而快捷，配合得 **相當完美** ，一看就知道他們久經訓練。

　　而「靈魂」則直趨到我面前，厲聲問：「怎麼一回事？你説，怎麼一回事？」

　　這個其貌不揚的 **矮個子** ，竟把我當成他的手下一

樣喝問，我真想一手按住他的頭頂，另一隻手向他的下巴狠狠地**打上一拳**。

　　但我竭力忍住了，沒有那麼做，因為這個其貌不揚的小子，能指揮十萬名以上遍佈**地球**每個角落、窮兇極惡、不擇手段的特務！

　　我忍住了氣，說：「我和奧斯教授在**實驗室**看着一隻猴子頭，忽然外面傳來『砰』的一聲，教授走出來看看，但他很久還未回來，我於是連忙趕出來看，見到教授被綁走了！」

　　「靈魂」**雙眼**透出兇狠的目光，「什麼人？綁走他的是什麼人？」

　　「我不知道，他們全戴着**頭盔**，我和其中幾個人打起來，但始終給他們逃脫了，我還幾乎命喪他們的子彈之下。」我指了指地上那一排**子彈痕**。

可是「靈魂」冷笑着，「你將教授藏到什麼地方去了？你以為我會相信那麼幼稚拙劣的謊言嗎？」

我十分惱怒，大聲喝道：「我說的都是實話，只有像你這種**卑鄙的人**，才慣於說謊！」

「靈魂」不和我爭辯，只是冷冷地說：「衛斯理，你被捕了！」

「哈哈！」我禁不住大笑起來，「你以為這裏是什麼地方？你有權力在這裏隨便**拘捕**人？」

「靈魂」冷笑一聲，「所謂權力，是強者的象徵。如果你現在不能抵抗我們，那就等於我們有**權力**；而你落入我們手上，跟被捕有何不同？」

「是麼？」我也冷笑一聲，然後厲聲道：「不過被捕的或許是你！」

我的 **拳頭** 隨着這句話疾送出去，「砰」地一聲，正中「靈魂」的臉上。他的身子向後跌去，我也迅速地躍起來。

我想先將「靈魂」制服了再說，在目前的情形下，必須 **擒賊先擒王**，先將「靈魂」制住，才有脫身的機會。

但是，我 **低估** 了圍在我身邊那幾個人的力量！

就在我身子躍起的一瞬間，「砰砰」兩聲，我的背上已重重地中了兩掌。

發出那兩掌的人，一定是 **武術高手**，因為那兩掌的力道之大，使我猛地向前跌了出去。更可恨的是，我還未落地，在 **滿眼金星亂迸** 之間，左腰也吃了一拳！

我立時起腳，向左邊狠狠地踢出去。

這一腳踢中了那人的什麼部位，我不知道，只聽到了一下十分可怖的骨裂聲。

我身體落地，一個翻滾，正想躍起來之際，我的頭頂又中了一腳，那一腳力道之重，幾乎令我失去視力！

但我還是勉力跳了起來，依稀看到面前有一條人影，便猛地向前撲過去，雙拳齊揮。那兩拳的力道極猛，可是我只命中了一拳，另一拳被人制住，然後感覺到一股極大的旋轉力量，將我整個人當成陀螺一樣，轉動起來。

我在身體急速轉動時，毫無還擊之力，背部和頭部又受到了幾下重擊。

在我多年**冒險生涯**中，還未曾遇到過那麼強的對手，這幾個「靈魂」的護衛，毫無疑問全是**一等一的高手**！

第六章

最可怕的巫醫

我被打得天旋地轉，後腦重重地撞到地上，若不是自小接受了嚴格的中國武術訓練，我一定早已昏死過去了，然而即使如此，我也昏了半分鐘之久。

然後我聽到「靈魂」吩咐了一聲：「別打了，要活的！」

另一個人說：「首長，他昏過去了。」

我知道自己不能力敵，必須用一些 **智謀**，於是假裝昏過去，看準機會才出其不意地反擊。

但是「靈魂」立時說：「別太高興，這人出名 **狡猾**，九成是假裝昏過去的。」

在「靈魂」說完這句話後，我立時感覺到一隻腳向我臉上踏來。

那隻腳踏住了我的**鼻子**，搓來搓去，同時，我聽到有人說：「首長，你放心，他如果是假裝昏去，我們可以令他『**弄假成真**』；如果他是真的昏迷，我們也有能力使他痛到醒！」

此人踏下來的力道加重了，我實在**忍無可忍**，雙手突然抓住了那隻腳，猛地扭了一下。

隨着我雙手扭動，我聽到「卡」的一下骨折聲。在我身子躍起之際，那人帶着慘嚎聲**倒下**。而不等他的身子落地，我已抓着他，旋轉着，橫掃了出去，至少撞倒了三四個人。

我的身體**搖搖擺擺**，轉了過來，竟發現面前沒有敵人，只有身形矮小的「靈魂」。他臉上滿是血漬，自然是我最初想**先發制人**時，擊向他的臉造成的。

　　若不是他手上正拿着一大柄德國制**軍用手槍**，我一定忍不住**大笑**起來。

　　但我清楚知道那柄手槍的威力，所以我不敢輕舉妄動，直至他沉聲説：「轉過身去！」

　　我服從地轉了身，「靈魂」向他的**護衛**咆哮起來：「起來！起來！飯桶，幾個人也對付不了一個！」

　　在地上的幾個人，苦着臉在掙扎，有兩個人站了起來，還有兩個骨折了，只能像**狗**一樣在地上爬着。

　　而在遠處的那一個，更連動也不能動，「靈魂」憤怒道：「走！」

我向前走着，盡量使自己神情輕鬆，「將我押回那家『 **貿易公司** 』去？還是去別的地方？不怕車子經過市區時，我大聲説出你的罪行嗎？」

我不斷説着話，其實是想拖延時間，尋找脱身機會。

「靈魂」冷笑着回應：「謝謝你提醒我，放心，你會在**行李箱**中。」

我繼續滔滔不絕，希望令他的**注意力**鬆懈：「在行李箱中，我一樣可以弄出各種聲響來引人注意，當全世界知道你公然在別的國家從事**非法活動**，你和你國家的聲譽都會大受影響，你的政敵也會趁機攻擊你，你的政治生涯也就完了！」

我**亂七八糟**説了一大堆，卻依然找不到機會脱身，已經來到了車子後面。「靈魂」吩咐道：「打開行李箱，鑽進去！」

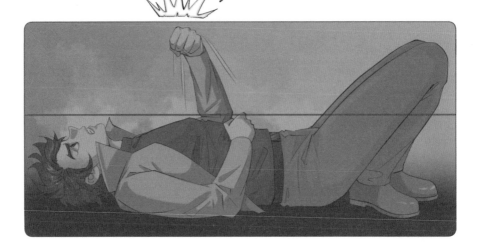

我無法不照做，在我進了行李箱之後，他「砰」地一聲關上了箱蓋，我在行李箱中**蜷縮**着身子，但依然能夠用拳頭敲着行李箱蓋，發出巨大的聲響。

但「靈魂」似乎並不在乎這一點，車子已開動了。

然後，我聞到了一股濃烈的 **麻醉氣體** 味道，頓時明白為什麼「靈魂」不怕我弄出聲響來了。他這輛車子，能通過特殊的裝置，向行李箱施放麻醉氣體！

而我在半分鐘之內，就昏迷過去了。

　　不知過了多久，我眼前開始看到許多紅色和綠色的 圓 圈 在晃動，而我口渴至極，大聲叫道：「水！水！」

　　但事實上，我一點聲音也發不出來。

　　我像是在 沙漠 中拚命掙扎，爬在灼熱的沙粒上，頭頂是猛烈的太陽，我舔着乾枯了的 嘴唇 ，狂叫着：「水！水！」

　　我終於能發出聲音來了，於是有一些極酸的汁液流進我的口中，那大概是 純檸檬汁 ，把我酸得渾身震動，卻又使我清醒了不少，緩緩坐起身來。

　　我睜大了眼，可以看到眼前的情形了。我在一個房間中，這房間並不大，佈置得十分 神祕 ，光線黯淡，有一套沙發。我躺在其中一張長沙發上，當我坐了起來之後，雙足踏在柔軟的 暗綠色地氈 上。

所有窗都掛着暗綠色的簾子，在我的對面，坐着兩個人。

我轉頭向 **門口** 望去，有一個人站在門旁。

這三個人都不說話，而其中一人拿着一隻空杯，估計就是他把檸檬汁灌進我口中的。我搖了搖頭，使自己更清醒些，然後伸手拿起我前面的 一杯水 ，一口氣喝光。

我用手背抹了抹嘴，站了起來，大聲道：「這裏是什麼地方？」

這時門打開，「靈魂」氣定神閒地走進來，後面跟着一個瘦得十分異樣的人，頭上紮着一幅 **黑巾** ，臉如 **骷髏** 一樣，給人十分詭異的感覺。

那人一進來之後，「靈魂」向後退了一步，向我指了一指，而另外三人亦一起退開，但手中都握着槍，對準了我。

「好了，又玩什麼 **把戲**？」我問。

「靈魂」冷笑道：「這位先生要你把左臂的衣袖捲起來。」

我呆了一呆，「做什麼，**打防疫針** 麼？他看來不像醫生！」

「你錯了，他是全世界最好的 **醫生** 之一，不過，他的醫理，沒有人懂。」

我再向那人看了一眼，哈哈大笑道：「他是一個巫醫？」

「靈魂」竟然回答：「可以說是。」

我突然跳起，躍到了一張 **沙發** 之上，下一步正想撲向「靈魂」之際，那三人已經立即開槍，「砰砰砰」三聲響起，三顆子彈在我身邊掠過，其中一顆相當接近，使我的 **頭髮** 也焦了一片。

這三顆 **子彈** 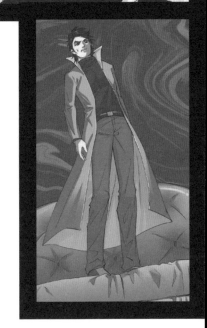沒有打中我，不是他們的技術差，而是先給我警告。

我當場站在沙發上不敢再動。

「靈魂」笑道：「快下來，將你左臂的衣袖捲起。我們大可以在你 **昏迷** 的時候將你綁起來，但我們沒有那樣做，那是尊重你，希望你也識趣 。」

「這個巫醫想在我身上玩什麼把戲？」

「 **反正不會死的** ，不必害怕。如果我們要殺你，何須弄得這樣複雜？」「靈魂」說。

我悶哼了一聲，這個神秘的巫醫，令人心底裏生起一股 **寒意**。

我自沙發上跳了下來，只見那 **巫醫** 將一直放在身後的左手，移到了前面，手中握着的，是一個藍底白花的布包裹。

他將那布包裹放在桌上，解開來，裏面是一個竹盒子，那竹盒子以極細極細的竹絲編成，盒身通紅，可見年代久遠。**竹盒** 上還編織着許多圖案，但由於竹盒實在太陳舊了，看不清楚。

一看到那個竹盒，不禁喚起了我一段很久之前的回憶，那是我在一個極其神秘的區域，所度過的一段日子。那就是中國雲貴兩省中的 **苗區**，而那個竹盒正是苗區的 **手工藝品**。

而我亦因此知道，這個瘦得出奇，被「靈魂」稱為巫醫的人，其實是一名蠱師！

第七章

限期三天尋出教授

　　蠱師是苗區中具有無上權威的人物，因為他操縱着所有人的**生死**，他有本事要你什麼時候死，你就得什麼時候死！

　　那絕不是「**神話**」，而是實實在在的事實。從中國苗區傳出去的蠱術，一直在泰國、緬甸、馬來西亞等地流傳，在那一帶，蠱術被稱為「降頭術」。

我在苗區生活的時候，曾和兩個最著名的蠱師成為

　，而我到苗區去，也是為了一件極怪異

的事。

我望著眼前這位蠱師，不

等他打開那盒子，就對他講了

一句苗話。

那句苗話，當然不是「靈

魂」所能聽懂的。

其實我講的話很簡單，

翻譯過來就是：「你認識

繫金帶的桃版嗎？」

「 桃版 」是一個人的名字，「 繫金帶的 」則表示

這個人的身分，只有最老資格的蠱師，才能在腰際繫上金

色的帶子，代表了在苗區中的 無上權威 。

當我問這句話的時候，「靈魂」因為聽不懂我在講什麼，瞪了我一眼。

但是在我面前的那個蠱師，卻突然 **震動** 了起來，手按在那竹盒上，猛地抬頭望着我，用苗語問：「你認識桃版？」

「靈魂」仍是聽不懂，卻一點也不笨，立刻 **咆哮** 着質問：「你們在講些什麼？」

「靈魂」很不耐煩，「桃版是什麼？」

那蠱師轉過頭去，指着我，十分驚訝地說：「**他認識桃版，他認識桃版！**」

「桃版是我的 **父親**，是最偉大的人！」

我們兩人的交談，本來已使「靈魂」怒不可遏，如今「靈魂」更走過來，舉起手，「啪」地一聲，重重摑在那蠱師的臉上，說：「最偉大的人是我們的領袖！」

隨着那「啪」的一下掌摑聲，房間內突然寂靜下來，只聽到我們幾個人的**呼吸聲**。

「靈魂」對於這種突如其來的寂靜感到不自在，便怒問：「為什麼突然不出聲？」

　　那蠱師沒有 **說話** ，我卻笑了一笑，說：「你既然懂得利用蠱師，那麼你該明白，永遠不要 **得罪** 他們，千萬別讓自己的身體與他們觸碰。」

　　「 **別恐嚇我** ！」「靈魂」臉色變得十分蒼白，連忙翻起右掌心來，仔細地看着，臉上現出十分惶恐的神色，直到那個蠱師 **冷冷** 地說：「你不必害怕，我沒有下蠱。」

　　「靈魂」這才鬆了一口氣，但那蠱師又指着我說：「可是，我也不能對他 **下蠱** ，他認識我父親。」

　　「你違反命令？你應該知道結果會怎樣！」「靈魂」 **怒不可遏** ，揚起手來，又想摑去，可是才揚到了一半，想起剛才我的警告，又慌忙縮回去。

　　我揚了揚手，「你不必發怒，我們談條件吧。」

　　「靈魂」考慮了一下，說：「好， **條件** 是什麼？」

我向那蠱師一指，「給他自由，別再強迫他做事。」

「不行！他是我們這裏最有用的人。而且，他是**自願**留在我這裏的，京版，對麼？」

那蠱師向我慘然一笑，然後點頭道：「是！」

他或許有說不出的**苦衷**，我也沒有追問下去，只對「靈魂」說：「你想我做什麼？不必用降頭術來要脅我，**光明正大**地說吧！」

「三天，給你三天的期限，替我把奧斯教授找回來。」他說。

「**三天**！」我叫了起來，「教授落在什麼人手中，我一點線索都沒有，憑什麼在三天之內找到他？」

「靈魂」嘆了一聲，「**時間**⏰不夠了，三天已是極限，而且，找到了奧斯教授之後，也沒有時間勸服他，只好**強迫**他去做！」

「究竟做什麼事？」我忍不住問。

「靈魂」衝口而出：「**幫領袖──**」

他只講了三個字，便立即住口。

但我已經知道，他們要奧斯做的事，與A區領袖有關。

我馬上**旁敲側擊**：「原來是你們的領袖有了麻煩？他是世界上最偉大的人，會有什麼不能自己解決的 **麻煩**？」

「靈魂」的臉色霎時變得十分難看，「你別太肆無忌憚！」

我將雙臂疊放在胸前，「我可以答應你盡力而為，但是我必須知道事情的**真相**，我不會做不明不白的事情。」

豈料「靈魂」**斬釘截鐵**地說：「不能，絕不能！」

我心裏一沉，知道那一定是極大的機密，我冷笑道：「你不必**故作神秘**，既然你曾對奧斯教授提起過，如今他落入另一幫人手中，也會洩露出去。」

「洩露也不要緊，他只知道一些**梗概**，而不是事情的全部。」

我立即說：「他只知道一些梗概，便寧可不要五千萬美元，可見你們要他去做的事如何**卑鄙**！」

我故意這樣說，希望刺激「靈魂」多洩露一點口風。

沒想到「靈魂」並沒有發怒，只是嘆了一聲，「我也不明白為什麼他沒有答應。為什麼？他又不是基督徒，相信所有生命都是上帝所造，不應該用人力去改變……」

他這樣一說，我感覺自己抓住了一個線頭。A區領袖已有三個多月沒有公開露面，世界各地都對此事進行着各種各樣的揣測，有一些「觀察家」甚至猜測這位

野心勃勃的大獨裁者已經死了，只不過為了避免引起混亂，所以將死訊隱而不發。

那麼，「靈魂」親自出馬來找奧斯，而且急着要他去做的事，很可能與A區領袖的性命有關！

為了得到更多資訊，我繼續刺激他：「依我看，那不是教徒與否的問題，而多半是你們那位領袖的人格，不足以感召一位傑出的生物學家去幫他！」

「靈魂」的臉色突然變得相當難看，一手抓住了我胸前的衣服，激動地質問：「你知道多少？你知道多少？」

我猛地將他推開，怒道：「你什麼都不願說，我能知道多少？」

「靈魂」吁了一口氣，臉色漸漸地回復正常，「你只是猜想！你是 **聰明人**，最好不要胡思亂想，我們的領袖很好。」

他這句話更顯得「**此地無銀三百兩**」了。

我只好點頭道：「好吧，或許是我想錯了，請代我 **問候** 貴區領袖，那麼，我可以離開了吧？」

「可以是可以……」他突然用非常兇狠的 **眼神** 脅迫我：「但你必須在三天之內，幫我們找到奧斯教授！」

第八章

「靈魂」強迫我幫他們尋找奧斯，實在毫無理由，我不禁發起怒來，「那算什麼？你手下有**上萬特務**，卻硬要我來幫忙？」

「不錯，我手下的人很多，而且也正在努力找奧斯教授，但是我相信，如果他要和人**聯　絡**的話，一定會找你，因為你是他的朋友。」

「**如果我拒絕呢？**」

「你不會拒絕的。你的公司就在樓下，對於你公司裏的每名員工，我們都有點了解……」

有人說這個 **權傾一時** 的「靈魂」，乃是小流氓出身，如今看來，他當真如流氓一樣卑鄙，竟用我公司員工的人身安全來 **威脅** 我！

我一時間也不敢嘴硬下去，「靈魂」已再三提醒：「記得，三天，你只有三天！」

我還沒答應，他就揮了揮手，指示幾名 **大漢** 送我出去。

我被他們趕到 **後樓梯** 去，這才發現，原來我身處自己公司所在的那幢大廈之中。

回到公司後，剛好是 **午飯** 時間，人不多。我在自己的辦公室裏，坐下來，雙手捧住了頭，努力整理一下混亂的思緒。

目前的情況是，奧斯被 **不明來歷** 的人綁去了，不論我是否答應幫助「靈魂」，我也會盡力去尋找奧斯的

下落‼️。可是，眼前毫無線索，我該去哪裏找？還是借助警方的力量比較穩妥吧。

我掏出手機正想**報警**📱的時候，手機鈴聲卻響了起來。

「喂？」我立刻接聽。

那邊傳來的，竟然是奧斯的聲音：「衛斯理？」

我的心狂跳起來，「靈魂」真是**料事如神**，奧斯果然和我聯絡！

我忙道：「教授，是你嗎？怎麼一回事？你在哪裏？可好麼？你──」

我提出一連串的問題，奧斯沒等我說完，已打斷道：「我很好，**他們是保護我的**。不過，他們其中幾個人被你打得慘了。」

我呆了一呆，一時之間不明白他的意思，忙問：「教授，你在說什麼？你不能自由說話？」

「不！」奧斯立時**解釋**：「我在自己人處，你明白麼？他們為了避免我被『靈魂』**綁架**，所以先把我帶走，接受他們的保護。我真的很好，請你別替我擔心。」

聽他的語氣，我大概猜到，他在另一個國家的情報人員手中，而這個國家正是和A區**作～～對**的。

「那就好，我以為你落入歹徒手中——」我講到這裏，忽然想起，我在**追逐**他們的車子時，機槍手對我手下留情的事，於是我説：「請你代我向當時往地上射子彈的那位先生致謝，多謝他**手下留情**，也替我向那些被我打傷的人致歉。」

奧斯笑了起來，「他們自然不會**無緣無故**地傷害人，而且，我還受到了委託。」

「他們委託你做什麼？」

「託我請你來見面。」

我不禁苦笑了一下，在這件事情中，我已經愈陷愈深了！

「如何見面？」我問。

「請你等一等。」

接着，奧斯將**手機**交給另一個聲音聽起來十分柔和的男子，對方一開口就説：「請開車到**市中心**多層停車場的第四層，一個穿着紅黑相間直條服裝的人會來接頭。」

「他認得我麼？」

「當然認得，我們已在 **國際警方** 那裏，得到你的詳細資料。」

「好吧。」我答應了，卻又有點**猶豫**，「可是……坦白說，我剛從『靈魂』那邊出來，他們必然對我進行極嚴密的監視和跟蹤。」

「這個……」那人沉吟了一下，然後說：「衛先生，我想，你最好先**擺脫**了監視追蹤的人，然後才到我們約定的地方來，以你的能力，絕對不困難。」

他給我戴了一頂**高帽子**，我也恭敬不如從命：「好的，但這樣的話，我可能會遲到。」

「不要緊，我們的人會等。」

通話結束後，我立即離開自己的**辦公室**，向經理借了他的車匙，使用他的車子。

然後，我由**樓梯**下到了大廈底層的停車場，開車離開。

市中心的多層停車場，離我的辦公室不遠，但我用盡方法不斷**兜圈子**，多花了幾倍的時間，確保沒有被任何人跟蹤，才駛進那停車場，沿着盤旋的**車道———**到達四樓，在一個空車位上停了下來。

我才下車，一個穿紅黑相間直條子上裝的人動作非常**快**，不知從哪裏走了過來。我跟着他一起去乘搭升降機，等到進入了升降機，只有我們兩個人的時候，他才開口：「**久仰大名，衛先生**。」

為了防範被跟蹤，他們也很小心，這個男人和我買票進了**戲院**，然後開場五分鐘後，我們又從側門離開戲

院，上了一輛車，來到一座十分精緻的小洋房。

我以為已經到了，誰知那人按鈴之後，一輛黑色的車子自中駛了出來。如此這般，我們換了三輛車子，經過幾重秘密關卡，通過許多次的暗號，輾轉來到了一幢房子的二樓。

那裏看上去和普通的家庭沒有大分別，陳設也十分簡單，幾個房間的門全都打開。

我一走進**大廳**，奧斯高大的身形已**一馬當先**，從其中一個房間走出來，「哈哈」地笑着，和我緊緊地握手。

在他身後的，是五六個身形魁梧的人。

最後出來一個身形瘦削的中年人，他身穿筆挺的西裝，來到我面前，伸出手來：「我是**平東上校**，請坐。」

我和他握手，「很高興看到你。」

我們三人坐在**沙發**上，其餘的人都退了出去，似乎是退到一樓進行其他工作，不打擾我們的交談。

平東上校先苦笑道：「衛先生，我的幾個部下，被你打得至少要在**醫院**休息兩個星期。」

我攤了攤手，「十分抱歉，在當時的情形下，我實在無法知道你們**是敵是友**。」

　　平東上校說：「對，這不是你的錯。恕我直接，你說你剛和『靈魂』見面，你們討論了些什麼？」

　　我坦白道：「他威脅我，要我在三天之內找到教授，不然對我身邊的人不利。」

　　平東上校沉思了一會，又問：「那麼，他有沒有向你提起，他們究竟要教授去做什麼？」

　　「沒有。」我搖了搖頭，然後望向奧斯，「教授，他說曾對你提及過大概。」

「對，但他們沒有清楚說明。」

「那麼，他們對你說了什麼？」我着急地追問。

奧斯頓時站起，來回地踱着步 ，「他們第一次和我接頭的時候，只是要我去製造一頭雙頭狗。」

「第二次呢？」

「第二次，他們說，狗頭既然可以移植，那麼，人頭自然也可以移植，他們問我的意見。我說，在理論上可以成立。」

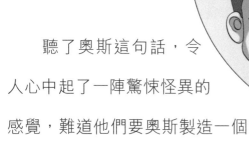

　　聽了奧斯這句話，令人心中起了一陣驚悚怪異的感覺，難道他們要奧斯製造一個雙頭人？或者三頭人？我不禁想起他的**實驗室** 裏，那隻只剩下一個頭的猴子來，非常噁心。

　　怎料他們的對話還有第三次，奧斯繼續説：「第三次，我想這一次他們所説的，才是**真正的目的**。他們問：將兩個人的頭互換，是不是有這個可能？」

第九章

驚人內情

聽完奧斯的叙述，「靈魂」那幫人跟他三次接觸所說的話，不難  推斷，他們想請奧斯回去，把兩個人的頭互換。

而一想到這裏，我登時 茅塞 頓開，整個人霍地站起，雙手按在桌上，身子不住地發抖，使桌上的杯子也抖動起來，不斷發出「得得」的碰撞聲。

奧斯和平東上校都**嚇了一跳**，齊聲問：「怎麼了？」

　　我竭力使自己**鎮定**下來，但身體還是在**發抖**，一面抖一面說：「我……好像想到了……他們要教授做什麼！」

　　講出了這句話之後，我反而鎮定了下來，深吸一口氣，問：「上校，你們一直將A區當作**假想敵**，是不是？」

　　平東上校點了點頭。

　　我再吸了一口氣，問：「那麼**A區領袖**近三個多月來，未曾在**公開場合**露面，你們可有他行蹤的情報？」

平東上校面露疑惑的神色，「你怎麼忽然問起這個問題來？」

「請你回答我！」我着急道。

平東上校嘆了一口氣，說：「早在兩個月前，我們已接到了指令，要用盡一切方法，獲取A區領袖的下落。可是慚愧得很，至今為止，我們犧牲了不少幹練的情報人員，卻依然一點消息也查不到，他像是突然消失了！」

平東上校講到這裏，略頓了一頓：「我們有一些專家甚至判斷，他其實已經死了。」

「不！」我激動道：「這個大獨裁者沒有死，但是他一定遭遇了極大的麻煩，只有奧斯教授能幫他解決。」

平東上校和奧斯兩個人臉色突變，他們的身子也漸漸地發起抖來，齊聲叫道：「你……你瘋了？」

　　他們已完全聽懂了我的話，知道「靈魂」要奧斯去做什麼了。

　　我沉聲道：「你們認為，若不是他們那位**偉大的領袖**有了什麼麻煩的話，『靈魂』會親自出馬麼？」

　　平東上校結結巴巴：「這個……確實……」

　　我馬上又說：「而且，『靈魂』對我表示過，他絕對會**保證**奧斯教授的安全，除非……他失去了這個能力。」

　　「他暗示會失勢？」平東上校非常聰明。

「是的，他是A區領袖的靈魂，如果領袖死了，靈魂自然也失去依靠，大批政敵將群起攻之。」我說。

「你認為，他們領袖的健康出了問題，正處於死亡邊緣？」平東上校問。

「恐怕是。」

我說完後，大家都沉默下來，感覺到這件事情極度嚴重。

沉默了好一會，平東上校才又開口：「這是一個極其重要的情報，我必須先向總部報告，你們兩人在這裏等我，我要去一樓。」

他一面説，一面匆匆走了出去。

房間門關上之後，奧斯顯得十分不安，來回踱着步，「我要受 **嚴密保護** 到什麼時候？」

「不會太久的，『靈魂』曾表示事情十分緊急，我估計，不出一星期，就會聽到A區領袖的 **死訊** 。」我安慰他。

可是奧斯顯然不太接受我的安慰，他停下來，緊皺着雙眉説：「衛斯理，你應該知道，**我是醫生**。」

「我當然知道，你是 *世界* 上最有成就的醫生之一。」

「醫生的責任是 **救人** ，盡一切能力，將一個垂危的人從死亡邊緣挽救過來，至於那個人是什麼人，這不在醫生的 **考慮範圍** 之內。」

「教授，你的意思是——」

「學醫的時候，一個**頑皮的同學**，向一位老教授提出了一個問題：如果一個在幾天之後就要被執行死刑的**囚犯**患了重病，是不是還要替他醫治？如果醫好了他，將一個健康的人送上**斷頭台**，這是不是很諷刺？老教授的回答很簡單：『只要他有病，而你又能醫他，那你就不能忘記你是一個醫生！』」

我感到十分詫異，「所以，站在**醫生**的立場，你覺得應該答應『靈魂』的請求，去挽救那大獨裁者的性命？」

奧斯沒有明確回答，只是嘆了一聲。

我忍不住說：「你瘋了！你忘記了他是一個獨裁者，曾殺過**千千萬萬的人**，如果他不死，還會繼續屠殺下去！」

奧斯非常迷惘地搖着頭，「**我實在不知道該怎麼做**。」

「教授，別胡思亂想了。」我安慰着他。

奧斯苦笑着，坐了下來。

這時候，外面突然傳來了幾下重物**墜地**的聲音，我怔了一怔，知道有什麼**不尋常**的事發生了，連忙跳到了門旁，迅速地將門打開了一道縫，向外看去。

只見外面已經塞滿了穿**黑色西裝**的人，一望便知全是「靈魂」的部下。

而地上躺着的，全是**平東上校**的手下，他們有的已經昏了過去，有的遭人制住。

而平東上校則被兩個人押着上來，跟在後面的，正是「靈魂」。

　　顯而易見，「靈魂」已經率領着大量部下，以壓倒性的力量，和**迅雷不及掩耳**的速度，將這個情報據點完全佔領了！

　　而且我立即明白到，帶「靈魂」來到這裏的，正是我！

　　雖然我們已花了不少工夫去擺脫「靈魂」特務網絡的跟蹤，可是不論多小心謹慎，還是**棋差一着**，給他們跟蹤到來了。

我連忙鎖上了門，拉過一張**椅子**，將門頂住，奧斯問：「發生了什麼事？」

我沉聲道：「『靈魂』來了。」

奧斯驚呆住，「怎麼辦？」

「我們要立刻想方法逃走了，這裏有沒有什麼秘密**逃生通道**？」我一面問，一面尋找着這樣的秘道。

「不知道。」奧斯搖着頭，「不過平東上校告訴過我，這裏其中一個房間有一個暗格，教我萬一遇到了什麼事，可以躲進去**保命**。」

「那就好，你知道暗格在哪裏嗎？」我問。

「知道。不過……那地方很**狹小**，只夠容納一個人。」

我嘆了一口氣，然後說：「不要緊，你趕快躲進去，讓我一個人來應付『靈魂』好了！」

這時候，「靈魂」的人馬已經在撞門了！

奧斯匆匆走進一個房間，躲到牆壁鏡子背後的暗格去。

我看着覺得沒有 **破綻** 後，立即回到大廳，這時大門已經岌岌可危，果然「嘩啦」一聲，門就倒下，一個人衝了進來。

第十章

衛斯理的過失

　　那人一衝進來，我的右肘便已重重地敲在他的頭上，同時抬起右膝，撞向他的 胸口，那人向後倒了下去，撞到了另外兩個人。

　　我整了整衣領，若無其事地向「靈魂」揚了一下手，「你好。」

「靈魂」瞪了我一眼，立時搶進來，向屋內打量一遍，怒問：「**奧斯教授**呢？」

「奧斯教授？」我裝出一副莫名其妙的神情來，反問道：「教授在這裏嗎？」

「靈魂」**旋風**也似地衝到了我面前，我連忙伸出手來，警告道：「若是你想動手，那你一定會吃眼前虧！」

他對我**怒目而視**，然後厲聲喝令手下：「找！你們快去找，將奧斯教授找出來！」

他的手下有好幾個人散了開去，搜索全屋。我笑道：「為什麼你肯定奧斯教授在這裏？」

「不用裝模作樣了，別忘記我給你的**限期**！」

我忍不住反駁他：「第一，我沒有答應你，只是你**一廂情願**。第二，就算我答應了你，現在限期還未到，你憑什麼對我呼呼喝喝？」

「就憑我是『靈魂』！」

他發怒了，突然抬腳向我踢來。

我早已警告過他的，那是他自取其咎，我一伸手，便抓住了他的腳踝。他頓時站立不穩，向後倒下去，但是我的另一隻手執住了他的衣領，他個子本來就矮小，我可以毫不費力地將他提起來。

我將他拉得接近我，作為掩護，然後退到牆壁，背靠着牆，這樣前後都有掩蔽了，不怕被人攻擊。

我大聲道：「『靈魂』，命令你的手下立即撤退。」

豈料「靈魂」完全沒有屈服的意思，堅決道：

「找不到奧斯教授，我不會走！」

「奧斯教授根本不在這裏，連我也找不到他，何況是你？」我這樣騙他。

然而，「靈魂」不是被三言兩語就能騙過的人，他連聲冷笑道：

「衛斯理，你抓住我也沒有用，因為我死都要找到奧斯教授！你們快去找，他一定就在這屋子裏，衛斯理將他藏起來了。你們圍在我面前看着我幹什麼？不要管我，無論發生什麼事，都要找到奧斯教授為止！」

　　由於我制住了「靈魂」，所以有七八條大漢惡狠狠地圍在我面前，想 **伺機而動** ，但是「靈魂」卻向他們咆哮着，要他們繼續去尋找奧斯。他們亦立即照辦，去 **搜索** 每一個房間。

　　我萬萬想不到，「靈魂」儘管被我制住，卻像瘋了似的，仍然 **命令** 他的部下繼續搜查，一點也不顧自己的性命。

　　雖然奧斯躲在秘密暗格裏，但我清楚知道，他並不擅長躲藏，更不習慣面對這種「 **大場面** 」，恐怕會一時緊張 **露出了馬腳** ，被人找到！

　　我連忙說：「『靈魂』，叫你的部下停止搗亂，那麼我或許會在三天之內，帶你找到奧斯教授。」

　　「靈魂」怪笑了起來，「你在 **心虛** 了，奧斯教授一定在這裏！」

不愧是 **出色的特務頭子**，被人制住也不屈服，還看穿了我的心理，我心裏暗呼不妙。

沒多久，奧斯躲藏的房間裏，突然傳出了好幾個人的叫聲：「找到了，鏡子背後有暗格，我們聽到了聲音！」

我向平東上校看了一眼，他的背後被兩柄槍指着，本來還一直 **神色自若**，直到這時，也不禁臉色一沉。

「靈魂」的幾個手下將奧斯押了出來，只見奧斯似乎受驚過度，昏暈了過去，我緊張地大喊：「教授！你怎麼樣？」

而「靈魂」就趁着我驚愕的一剎那，突然發難掙脫了我的 **雙手**，躍到奧斯身旁，回到眾部下的保護範圍內。

「**我已經不需要你的幫忙了**。」他神氣地對着我説。

　　我和平東上校兩人極其沮喪。但是，我還有最後一張，我冷靜地說：「你犯下大錯了。你用綁架的方式逼奧斯教授就範，你認為他在這種**武力壓迫**的情況下，能把那件事情做好嗎？剛才你敢不顧自己的性命，可是，換成是你們那位**偉大領袖**的性命呢？你也敢拿來**冒險**？」

　　這張王牌果然有效，「靈魂」的臉色突然間變得蒼白，厲聲問：「你知道了什麼？」

　　我雙手插在袋中，用一種毫不在乎的神態反問道：「你為什麼只問我一個？」

　　「靈魂」的聲音更淒厲了：「你們！你們知道了什麼？」

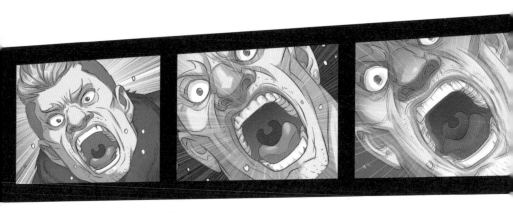

他的 **目光** 在我和平東上校之間跳動着。

我知道我已擊中了他的要害，於是 **哈哈大笑** 道：「我們什麼都知道了，而且，上校已將我們知道的事向他的上頭報告。」

「靈魂」望着我和平東上校好一會，極力把情緒冷靜下來，說：「不論你們報告了什麼，就算這些報告被 **公開**，我們也不會在乎。」

「我知道你在乎什麼。」我繼續向他 **進攻**：「你只在乎奧斯教授為你們做的那件事，但我可以告訴你，你

用這種方式強迫他，他一定不會答應！」

「他會！他非做不可！」「靈魂」不耐煩了，大聲喝令：「帶走奧斯教授，對這裏所有的人發射**迷藥針**！」

「靈魂」的話才一講完，幾乎每一個他的部下都扳動了槍機，自槍管裏射出來的，不是子彈，而是一種極細的**金屬針**——。我不知道自己中了多少針，只覺一陣天旋地轉，隱約看到平東上校

倒下，然後我也接着倒地，昏暈過去了。

等到我醒轉過來的時候，**天色已黑**，只覺得十分寂靜，什麼聲音也聽不到。

我掙扎着站起，扶着牆，向前走了幾步，開了燈。

我看到**橫七豎八**，睡倒在地上的，有二三十人之多，大概也到該醒轉的時候了，再加上突如其來的光線刺激，他們都迷迷濛濛地睜開眼睛👁️👁️來。

我只覺得喉頭乾涸無比，但還是勉力地叫：「上校，上校！」

平東上校也正在**掙扎**着要起來，我的叫聲可能給了他一些力量，他身子一挺，便已站起。

他站定之後，看了我一眼，卻什麼也沒說，只是急忙地往自己身上的衣袋**摸索**，估計他在找手機或者通訊儀器，但他找不到。

「我要到一樓去，**你在這裏等我**！」他跑了出去。

我估計他們的加密通訊裝置設在一樓，早前他向上級報告，也要特意到一樓去。

他大概離開了五分鐘才回來，這時幾乎所有人都已經醒了，但都處於**呆呆滯滯**的狀態，不知道接着該怎麼做。

平東上校走到他們的中央，訓示道：「你們狀況怎麼樣？還能執行**任務**的話，馬上用盡一切方法，去堵截『靈魂』，別讓他帶奧斯教授到A國！」

他們其中一個人説：「可是……上校……他們已走了超過三小時。」

「所以要快！還等什麼！」上校突然**咆哮**了起來。

那二十來人立時應了一聲，便散了開去。

平東上校轉過身來，這時只有我和他兩個人，他問我：「**我們還有希望**？」

我苦笑了一下，「正如你的部下剛才所講，我們昏迷了三個小時以上。」

他沉默不語，我接着問他：「剛才你將這裏發生的一切，全報告上去了？」

「是的。」平東上校來回地踱步，十分苦惱的樣子，又問我：「你認為奧斯教授會不會在脅迫之下，替他們做那件事？」

我想回答他，即使不在脅迫之下，奧斯也很可能會答應「靈魂」的要求，因為他曾對我說過「醫生的責任」

這回事。但我不忍心潑平東上校的冷水，所以只簡單回答了三個字：「😔**不樂觀**。」

這時候，他的一名部下突然急忙跑來，對平東上校說：「報告上校！一樓剛剛收到**總部的消息**✉️，說你的緊急建議已經獲得批准。」

「嗯，我明白了！」平東上校顯得很興奮，而那個部下報告完也匆匆退下。

「什麼批准了？」我禁不住好奇。

怎料平東上校說：「我剛才向上峰建議，准你進入A區去將奧斯教授救回來，現在已經批准了。」

「你說什麼？」我用比平時

談話👉大五倍的聲量質問他。

平東上校便將他剛才講的話，重複一遍。

這實在是天下間最荒唐、最無稽的事。先有「靈魂」**強迫**我幫他們尋找奧斯，並勸服他；如今平東上校的國家卻「**批准**」我進入A區去將奧斯救回來。兩個與我無關的國家都在**差遣**我做事，我不禁問平東上校：「這件事和我有什麼關係？你有問過我嗎？我又不是你們國家的特務，甚至連**公民**也不是。」

「這個不是問題，為了行動方便，我們可以隨時給你安排**各種身分**。」平東上校說。

「我不是這個意思！」我着急道：「我的意思是，我沒興趣到A區去，你們憑什麼『批准』我去？」

平東上校睜大了眼睛，「這倒出乎我意料，原來你是**膽小鬼**。」

我有點光火，「別用這種低級的 **激將法** 來刺激我！」

平東上校皺起了眉，一副很疑惑的樣子，問：「真奇怪，難道你不想將功贖罪，彌補你的 **過失** ？」

「贖罪？過失？我有什麼過失？」我不禁反問。

平東上校說：「要不是你大意 **被跟蹤** ，『靈魂』他們怎會找到這裏來？而奧斯教授又怎會被他們擄去？所以，**你必須 將功贖罪** ！」（待續）

來頭不小

他約莫五十歲,一頭金髮,典型的北歐高大身材,而且他**來頭不小**,是世界知名的生物學家——奧斯教授。

意思:身分地位很高。

銷聲匿迹

這種驚人的生物移植,由於受到不少抨擊,後來沒有繼續下去,和奧斯合作的人亦**銷聲匿迹**。

意思:不出聲也不露面。形容人隱藏起來或不公開露面。

大有文章

那麼,顯而易見,其中一定**大有文章**。那些錢不知道是什麼來歷,而這兩個人的身分背景也不見得是光明正大。

意思:比喻在話語或行為中,隱藏着很多需要注意或思考的東西。

視若無睹

那兩個人押着我走出升降機,進入了那家貿易公司,裏面看起來和一般公司無異,職員正在忙碌地工作,對我**視若無睹**。

意思:看到了卻像沒有看見一樣。形容對事物漠不關心。

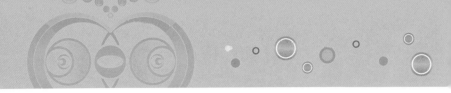

獨裁者

辦公室的正中，是一張巨大的辦公桌，後面的牆上掛着一幅高約七呎的人像，那是A區的領袖，是世界上行事最瘋狂的**獨裁者**之一。

意思：指在獨裁或專制的政權下，擁有國家最高權力的領導人。

權傾朝野

「靈魂」在A區炙手可熱，**權傾朝野**。

意思：權力壓倒朝廷和地方上下所有官員。形容權力極大。

泛泛之交

我苦笑道：「你選錯對象了，我和奧斯教授只不過是**泛泛之交**，我們才認識了幾個月，偶爾約出來喝一杯咖啡而已，我哪有能力説服他，去做他不想做的事？」

意思：指沒有深厚友誼、關係一般的朋友。

食言

雖然我沒有把話説出來，但「靈魂」當然明白我的意思，而出乎意料的是，他居然嘆了一口氣，「這一次，如果我不履行保證，那一定不是我**食言**，而是我的權力已失，不能保證什麼了。」

意思：説話不算數，不遵守自己説過的話。

自掘墳墓

在這樣的情形下，如果我還追上去，等於是**自掘墳墓**。

意思：為自己挖掘墳墓。比喻自取滅亡、自毀前程。

絕塵而去

我只好呆立着，目送那輛車子**絕塵而去**，心裏在想：到底是什麼人綁走了奧斯？他們目的何在？

意思：古時指馬跑得很快，馬腳上都沾不到塵土。現用作形容飛快地離開。

劈頭

那是「靈魂」的聲音，他**劈頭**第一句就問：「我委託你的事情，進行得怎麼樣？」

意思：開頭、起始。

擒賊先擒王

我想先將「靈魂」制服了再説，在目前的情形下，必須**擒賊先擒王**，先將「靈魂」制住，才有脱身的機會。

意思：打擊敵人時，要先擊敗領軍的人，也可比喻做事時要把握關鍵。

假想敵

講出了這句話之後，我反而鎮定了下來，深吸一口氣，問：「上校，你們一直將A區當作**假想敵**，是不是？」

意思：原為軍事術語，指軍事演習中設想的敵人，後來也引申指為了達到某個目的或目標而想像出來的對手。

群起攻之

「是的，他是A區領袖的靈魂，如果領袖死了，靈魂自然也失去依靠，大批政敵將**群起攻之**。」我說。

意思：大家都一起來攻擊它。

棋差一着

雖然我們已花了不少工夫去擺脫「靈魂」特務網絡的跟蹤，可是不論多小心謹慎，還是**棋差一着**，給他們跟蹤到來了。

意思：棋局中因對手的一步關鍵棋而輸了，指計謀或手段略遜一籌。反義詞為「棋高一着」。

自取其咎

我早已警告過他的，那是他**自取其咎**，我一伸手，便抓住了他的腳踝。

意思：自己遭受自己招來的禍患。

激將法

我有點光火，「別用這種低級的**激將法**來刺激我！」

意思：利用反面的話語，激起別人不服輸的情緒，去做原本不願意或不敢做的事。

將功贖罪

平東上校皺起了眉，一副很疑惑的樣子，問：「真奇怪，難道你不想**將功贖罪**，彌補你的過失？」

意思：拿功勞補償所犯的過錯。

衛斯理系列 少年版 29

換頭記 上

作　　　者	：	衛斯理（倪匡）
文 字 整 理	：	耿啟文
繪　　　畫	：	鄺志德
助理出版經理	：	林沛暘
責 任 編 輯	：	梁韻廷
封面及美術設計	：	黃信宇
出　　　版	：	明窗出版社
發　　　行	：	明報出版社有限公司
		香港柴灣嘉業街 18 號
		明報工業中心 A 座 15 樓
電　　　話	：	2595 3215
傳　　　真	：	2898 2646
網　　　址	：	http://books.mingpao.com/
電 子 郵 箱	：	mpp@mingpao.com
版　　　次	：	二〇二三年四月初版
I S B N	：	978-988-8828-48-7
承　　　印	：	美雅印刷製本有限公司